酒香

飘

过来

邱新荣 —— 著

中国言实出版社

图书在版编目（CIP）数据

酒香飘过来 / 邱新荣著 . -- 北京 : 中国言实出版
社, 2023.4
ISBN 978-7-5171-4448-9

Ⅰ . ①酒… Ⅱ . ①邱… Ⅲ . ①诗集 - 中国 - 当代
Ⅳ . ①I227

中国国家版本馆 CIP 数据核字（2023）第 065275 号

酒香飘过来

责任编辑：王建玲
责任校对：张天杨

出版发行：中国言实出版社
　　　　　　地　　址：北京市朝阳区北苑路180号加利大厦5号楼105室
　　　　　　邮　　编：100101
　　　　　　编辑部：北京市海淀区花园路6号院B座6层
　　　　　　邮　　编：100088
　　　　　　电　　话：010-64924853（总编室）　　010-64924716（发行部）
　　　　　　网　　址：www.zgyscbs.cn　　电子邮箱：zgyscbs@263.net

经　　销：新华书店
印　　刷：北京中科印刷有限公司
版　　次：2023年5月第1版　　2023年5月第1次印刷
规　　格：710毫米 × 1000毫米　　1/32　　6印张
字　　数：70千字

定　　价：86.00元
书　　号：ISBN 978-7-5171-4448-9

中国葡萄酒的未来在宁夏……

作者简介

　　邱新荣，诗人、编审。现为宁夏诗歌协会名誉副会长。出版诗集《天工诗韵》、《诗歌中国》（精选本6卷）、《给你一个宁夏》等。

　　曾获宁夏诗歌大赛一等奖、宁夏好新闻奖一等奖、宁夏广播电视新闻作品政府奖一等奖、宁夏文化岗位专业技能大赛作品金奖。

辉煌之紫

　　亿万年的陆沉陆浮，沧海桑田。贺兰山巍峨屹立在中国西部，它伸出的臂膀呵护着宁夏平原和静静流过的黄河，哺育了这里的人民，形成了独特的地理历史文化。

　　曾经，在它的东麓，漫漫砂石横亘在绵延岁月，以其狰厉的荒凉和漠然面向人们，面向所有的日子。

　　但生长在这里的人们，却以更加顽强的意志迈上东麓，用铿锵脚步证明了人的伟大，证明了创造美好明天的伟大价值。

　　1984年的春天，第一茎葡萄根苗埋进了东麓饥饿的土地，绿色与奇迹便开始了生根、发芽、开花、结实，最终酿出了浓郁的酒香。30多年过去了，一片绵延400余里的绿色葡萄基地簇拥着它的葡萄园纵目世界，向世界敞开了风景秀丽的自己，敞开了紫色的辉煌。

贺兰山东麓，世界上最适合种植酿酒葡萄和生产高端葡萄酒的黄金地带之一，它的坡地和迎风而舞的葡萄园胸前挂满了来自品醇客、布鲁塞尔、柏林等国际葡萄酒大赛中夺得的1100多个奖章，成为宁夏对话世界，世界认识宁夏的"紫色名片"。贺兰山东麓，中国最大的酿酒葡萄集中地产区，它的规模已占全国种植面积的1/3，酿造总量占国内葡萄酒的37.9%。

　　贺兰山东麓以自己纯正的中国西部风貌被编入《世界葡萄酒地图》，成为世界葡萄酒产区的新版块。它的品牌熠熠生辉。贺兰山东麓葡萄园和它流光溢彩的美酒吸引着国内外大量游客，酒庄旅游成为宁夏全域旅游不可或缺的元素。

　　世界葡萄酒大师杰西斯·罗宾逊品尝过贺兰山东麓的葡萄酒后深情地说："毋庸置疑，中国葡萄酒的未来在宁夏。"

　　宁夏的未来，将有一杯热情洋溢的葡萄酒高高举起，伴着勤劳的人们与世界共饮，敬献给更加开放祥和的明天。

目录

凝望贺兰山

不止一代

而是千万代人的凝望

贺兰山

才是我们眼中最尊严的形象

一匹马从遥遥的传说中跑来

横亘天边

阻挡了荒漠风沙的喧嚷

它的耳朵在岁月深处

听得见历史的烽烟与绝响

它的眼睛正长在我们身上

纵目四望

意味深长

在山的坡地

蒙古扁桃骑马而来

和时间共同生长

它们漾溢的浅红色

正是空旷之处最华丽的篇章

针叶松和落叶松

都有着各自矜持的形象

最寒冷的时候　松香溢来

让人品味出独具的佳酿

久久凝望

不止在一种时间

而是在所有的岁月沧桑

风在山石中生长出来

然后又奔向远方

历史啊　历史就是那片云影

飘漾在天上

云在山中化为露珠

一座山便有了自己的滋润

有了岁月无法抹去的包浆

凝望

有心的和无心的凝望

望见那些岩画群有着自己的小动作

有的生殖欲望垂地是一条腿的模样

有的　被浪漫的飘带携着

飞过一座又一座山冈

马在胯下看起来像是肥硕的山羊

人的手中最不安分的

是那根舞蹈一样的长枪

山杏花又睁开了眼睛

贺兰山格外滋润安详

悬挂在山壁上的岩羊

是惊呼也是感叹号

姿态逼真　有着令人瞩目的形象

凝望六月的泉水

听到贺兰山的水调歌头不停吟唱

山中的虫鸣嗓音空旷

一唱　一山高

一唱　便也是天苍苍　野茫茫

等到秋风吹起了鹰笛

贺兰山会坐在自己的洪积扇面上

开始内省打量

静夜中的虫声沉寂了

头顶上的星光宝石一样耀眼辉煌

体内的叮咚一阵阵传来

金属美妙的琴音开始奏响

贺兰山的耳朵来自虚空

听见了光阴的绝唱

一座山的饱满和充实

让它有了更多的自恋和妄想

它想在大雪封山的时候

沿雪中的小径走进一座西夏寺庙

坐在蒲团上

关注自己的内心世界

听所有的根须在千山万壑间

为明年的喷薄准备一些极好的茁壮和锋芒

二亿年

时间很具体

并不是虚泛的概念

二亿年的石头不沉不浮地留存下来

会说曾经的曾经　说久远之前的久远

海是三起三落的

它们的涛声撞击过时间

土地是水落石出后

慢慢变硬变干

然后　是绿树鲜花

是鸟鸣其间

新的翻天覆地到来后

凶猛的海浪啊

再一次冲向山巅

二亿年

哗哗的水声和暴躁的阳光

在这里轮流变幻

一个秋天被野花随手翻篇

一个世纪或无数个世纪

被浪花吞没着　　毫无微澜

漫长的二亿年

大地被隆起或吞没

往往只在不经意的瞬间

闲花野草的粉饰

根本无法装点门面

岁月的起起落落

注定了这里有一种野性

亿万年　　亿万年骚动不安

这是二亿年的石头

裸露在我们的眼前

海从它身边溜走时

它听到了最后一滴水的呢喃

火烈的太阳照射下

它看到野草垂死　　慢慢枯干

无数寒风有说不清的故事片段

但每一声都是咆哮的皮鞭

它们的击打是在无人可听的时间

沉重而孤单

二亿年的石头

紧紧守护着一座大山

它知道山是需要根基的

特别是东麓的坡地

正龟一样向人类艰难伸展

那是去接引生命顽强目光的

未来　只有热气腾腾的人类

才能够清晰地看见

人类驯服了动物

人类让野花野草温顺地与人相伴

人类最终会走向一座大山

走在石头和它的二亿年

然后　携着一块肥沃的山麓

走向最新的俯瞰

东麓　东麓

并没有随着大山

向炫目的高度攀缘

而是从时间中横跨而出

挣脱了沧海桑田

东麓脚步缓缓走来

从不在乎海水淹过头顶

也不惧惮脚下砂石翻卷

东麓的身上带着沙漠的味道

东麓有时能触摸到自身的孤单

东麓

东麓并不愿意追随孤傲的大山

不愿走向天空的渺远

一寸一寸走来

最终走向了灯火温暖的人间

人间多情人间烂漫

东麓开始温情

东麓慢慢变得柔软

东麓身上开出的野花

濡染了整个秋天

秋天有了最浪漫的梦

去面对大山下飘雪的严寒

东麓春天的草铺展开来

抚开了人间望春的醉眼

东麓啊

东麓土质肥厚

东麓开始酝酿一个神秘的时间

东麓经过了千万年花花草草的拨弄

东麓酥痒

东麓彻夜难眠

有一种根须闪现在遥远的天边

已经构成了对东麓坚强的呼唤

有一种香醇

常常使东麓心潮漾起波澜

一块土地　贺兰山东麓

具有了我们无法破解的柔情　心事浩瀚

它走向我们是来搅动我们的手

激起我们的狂野和彪悍

我们一直是东麓的一部分

或为花草

或为秋水的波澜

哪怕是化作一朵白云吧

我们也只是在东麓的身边

轻轻蹭动

触到了东麓的体温体感

东麓　贺兰山东麓

满载山魂　襟抱山势的威严

走向人间　只为一句呼唤

让东麓威武地茁壮吧

否则　这里只是飘满草絮的野山

充满期待的土地

我们真的知道

伟大的土地从不是一种被动

不被动地等待开拓

等待一种搔弄

不等着秋天的花主动长满全身

也不被动倾听夏夜

密织如锦的虫声

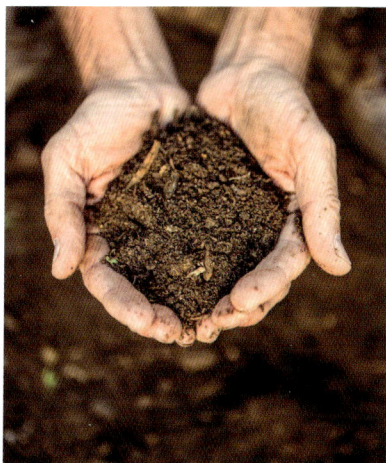

东麓的土地是充满期待的

期待踏歌而来的脚步声

它对自己的生殖能力信心满满

认为让一块土地富裕繁茂

与自己有着直接责任

荒芜的岁月早该结束

大地长满鲜花　铺满草木的香馨

那该是多么美妙的事情

亿万年的期待

东麓已准备了足够的养分

和按捺不住的激情

期待人类的接纳和抚摸

常常　使它在春天有更多的酥润

正是这种期待

它过多留恋着泉水跑过身边清亮的踪影

它也会在日渐温暖的风中

久久沉吟

它很惊奇　那些伟大的种子和枝条

与自己有着那么多的亲近

往往是一种挑逗

一种诱引

它自信着自己对生命的哺育和呵护

它有着更多的耐力和韧性

充满期待的土地啊

缠绕着自己的理想和绮梦

披花戴草的日子真的是温柔女性

而山石啸鸣

则更使自己雄性十足　傲视古今

期待

常常使自己兴奋难忍

最怕　深冬的那阵寒风

万木枯槁

大地昏沉

只有期待

一座山麓的期待　悠长而认真

山　魂

山魂是与山共存的

横亘在大漠与绿洲之中

风沙在那里嗷嗷叫着

但并不影响它的从容

山魂与黄河相默契

它们的眼中

有彼此不屈的身影

山魂矗立起来时

巍峨的高度以及岩石

都是那么雄浑

溪流的飘带迎风而舞仿佛致意称臣

山之魂啊

目光下垂　弯下腰身

能看见自己最清澈的心灵

山之魂面向嚣然而至的狂风

从来没有任何失措惊恐

它的胸膛表现了更多坚强坚硬

呈现出的力度

震烁古今

山之魂

常常在夏夜与臂弯下的绿色一同入梦

庄稼拔节的声音直入胸襟

山之魂有自己的沉醉沉吟

河流的喧哗

让它更加湿润

山之魂睁开的眼皮

正是平川上新鲜而年轻的黎明

山之魂

山之魂顺坡而下步履坚定

是东麓永远的造型

坦坦荡荡不遮掩什么

丰丰饶饶酿造生命

山之魂　　山之魂

紧紧地把握灵魂的尺度与松紧

不张不扬地肥肥壮壮

在最自然最低调的状态下

保持高贵　　拒绝平庸

山之魂立着卧着

都是一种气派和轰鸣

它是我们凡俗的肉眼看不到的支撑

它是我们每时每刻

都能获得力量的力挺万钧

气候的自信

要建立自己的自信

必须相信大自然以及它的程序

比如贺兰山东麓这里

春天的到达虽有些迟疑

但却是不慌不忙　脚步扎实

它要使每一寸土地润透

并且留有季节的余地

夏天在这里气候更具穿透力

足以保证草丛中的虫声

充满十足的情欲

在秋天

它并不急于让遒劲和硬朗过早消失

因为西部的风味

特别利于一种气韵的确立

冬天的那场雪啊

绝不是简单的落满大地

它也有自己的浸润

有那种干净洁白的根蒂

气候在这里

自信而从不失序

有益于培养有益于哺育

无霜期的长长短短

宣示着某种适宜

甜蜜生长在这里

酸涩会悄悄离去

醇香蠢蠢欲动

醉意　　会大面积浮起

气候在这里

最陶醉于自己的层次

春天绝不能像夏天

夏天与秋天有着绝对的距离

秋天与冬天接壤的那一部分

必定是呼呼作响的寒风

和一次冷过一次的秋雨

这里的气候

不喜欢模糊一团毫无间距

第一缕清脆的鸟声

啊　仅是一缕

就让我们知道

大地解冻　开始泛绿

也许该说这里的气候

本身就有酒意

也许一种微醉

早就从岁月深处泛起

后来生长的植物以及酒液

只是它的一种表达方式

它迟早是让人们醉的

醉在微醺和迷离

美丽地理

还是那种从容不迫的姿势

贺兰山东麓走向我们时

早已历经沧海桑田　充满气势

它并没有忘了自己是坡地

身上的野花吱吱叫着

提醒着它又到了某个雨季

雨季后　野草会丰茂得一塌糊涂

沿坡而下的岩羊恋恋不舍自己的踪迹

一道隐蔽的山涧中

泉水幽咽不止

顺山而下的泉水啊

正是一群从神话中跑出来的孩子

没有羁绊

跑得无忧无虑

风干后的秋天

最让它迷离

眼看那些花要消失

它又要面对孤寂的日子

西部一直是快刀斩乱麻的

一个季节与另一个季节的切换

利落而不留余绪

但美丽的地理啊

终归是一种美丽

哪怕是晚秋

夕阳余晖下也是形神兼具

山山石石　硬性十足

屹立在风中的蒿草

彰显了一种顽强不倒的毅力

美丽的地理也有旖旎

旖旎是在冬天面对第一缕红日

雪色与阳光相偎相依

透射着无尽的神秘

不是简单的表象

而是一种昭示

昭示未来的日子

昭示一种奇迹

奇迹中绿色遍布大地

无数声音会汇聚而来

用它的舌尖

品味这里

赞美这里

甚至　把它们的终极美感

留在这里

美丽的地理啊

地理的美丽

坡地的二十四节气

春风和春天

在这里一直是一回事

至于春雨嘛　春雨

来得很晚　却很皮实

惊蛰惊不起太多山石

这里是大西北的土地

花朵的醒来　会很迟很迟

真正的春会和清明联袂而至

谷在川原上播下后

山麓　看到了自己蓬勃的根系

夏的繁茂来到这里

也并不是拥拥挤挤

刚刚暖过来的塞上风

在黄昏　留下了自己的絮语

小满好像与这里有太大距离

芒种的季节　坡地

坡地上的树

在一夜间举起了绿色的旗帜

真正的夏天到达后

很快会脱掉多汗的上衣

炙热的阳光不再含蓄

灼人皮肤　渗进肌理

暑气蒸腾的时候

山顶上会倾来一盆大雨

雨沿着草根滋润过来

一切　都焕发出强大的生命力

秋天在坡地　在东麓

已经横行无忌

色彩飘扬

律动不已

闲花杂草一路跑开

跑开在沿山的几百里

最响亮的喇叭花

随风　掀开了自己的裙裾

寒露来了

没有谁将它太当回事

山坡地的温暖阳光

一直抚摸着每一寸土地

小小的寒露掀不起大的寒意

霜降在这里

一面坡地才开始

关注某些叶子的死去

冬天的第一场雪

飘向东麓这块坡地

吸引我们远远望去

多么纯净的仙境啊

我们知道　小寒大寒

只是人为地掐算算计

东麓正用自己的温度

为头一茬的春风备下了花絮

诗句却是留给塞上的
留给塞上的绿植光亮

贯休到达了吗
会不会就站在贺兰山旁
六月的气候温热宜人
绿树正在欢唱
去年酿就的美酒闪着紫光
轻轻嗅来

让一个出家人心旌摇荡
满目翠色布满山岗
脚下的河流沿山而去
载着渔歌和欢唱

或者是在一种向往
贺兰山的韵
牵绊着一个僧人的心肠
诗句滚滚而至
沾满了滚圆的形象
沙地中的甘草茁壮而出
锋芒　直抵垂落的夕阳
连苜蓿的根甜他也尝到了

僧人贯休

赤洛葡萄叶，

香微甘草花。

——［唐］贯休

蒲萄酒白雕腊红，

苜蓿根甜沙鼠出。

——［唐］贯休

还是在千年前

僧人贯休的鼻子就伸得很长

千里之外

嗅到了葡萄的清香

葡萄的光彩和他一同入定

果园　不停地摇晃

无人考证的脚印

游游荡荡

没有谁将它太当回事

山坡地的温暖阳光

一直抚摸着每一寸土地

小小的寒露掀不起大的寒意

霜降在这里

一面坡地才开始

关注某些叶子的死去

冬天的第一场雪

飘向东麓这块坡地

吸引我们远远望去

多么纯净的仙境啊

我们知道　小寒大寒

只是人为地掐算算计

东麓正用自己的温度

为头一茬的春风备下了花絮

芒种的季节　坡地

坡地上的树

在一夜间举起了绿色的旗帜

真正的夏天到达后

很快会脱掉多汗的上衣

炙热的阳光不再含蓄

灼人皮肤　渗进肌理

暑气蒸腾的时候

山顶上会倾来一盆大雨

雨沿着草根滋润过来

一切　都焕发出强大的生命力

秋天在坡地　在东麓

已经横行无忌

色彩飘扬

律动不已

闲花杂草一路跑开

跑开在沿山的几百里

最响亮的喇叭花

随风　掀开了自己的裙裾

寒露来了

啊　一种刻骨铭心的难忘

啊　啊

可以做这样的想象

贯休的心

曾在这里安放

触碰到千年后的葡萄以及酒香

微微醉意来自时间的精酿

每一次定中

葡萄都会腰身婀娜地走过他的身旁

唐人的回望

贺兰山下果园成，

塞北江南旧有名。

——［唐］韦蟾

送友的唐人

叙述贺兰山下的果园

应该是在一个夏天

他的想象是循着香味走来的

胯下的毛驴

浑身是汗

贺兰山脚下是绿的

而且水声潺潺

东麓啊　东麓

也正是威猛绵延

满山飞石钻出草丛

顶上　浮着淡淡的云烟

一条毛驴　一个唐人走着
嘚嘚蹄声环绕诗篇
许多韵脚飞起来
变成了群鸟的翻跹

野葡萄的光泽顺势而下
亮光闪闪
那是大山不灭的灯盏
形象灿烂
汁液饱满

诗意的唐人一直回望着
不愿走出那个夏天
那个夏天　贺兰山脚下
也正是诗意翻卷
宽袍大袖捡拾不净
沿途　遗下了植物的芬芳香甜

贺兰山下果园成
某种时刻

只为成就这塞北江南

草生草死千万年

山的那边啊山的那边

沙漠的吼叫令人胆寒

但这里的山下　却是花草

诗意的花草迎风招展

一部《全唐诗》浩瀚无边

唯这塞上风情

总让人忍不住回首

流连忘返

让嘚嘚的蹄声留下来

也留下千年前古人的惊叹

唐诗在这里是回首

是频频回首的永不翻篇

扫码听诵

第一枝葡萄根苗的沉吟

第一枝葡萄根苗

种下　连同春风

东麓　经历了一件伟大的事情

一次征程

生命与绿色将要起跑

跑出一路的触目惊心

种进土地的根苗

沉吟

每一个细胞都在沉吟

打破沉寂的正是这种到达

生命孕育并温暖了生命

温暖的土地正是慈祥的母亲

她要衍生出许多的事情

萌芽的事情

蓓蕾的事情

汁液的事情

葡萄开花充满心事的事情

所有的甜蜜炸裂开来

变成酒浆的事情

根苗在沉吟

第一枝根苗的沉吟

具有着庄严的象征

必须顽强地涌绿吐翠

决不可半途而废　陷入绝境

与一座山与东麓相连

一切都变得激情万分

从容生长

不失分寸

让每一个叶片都变成欢呼

让世界听到一块土地的声音

第一枝种在东麓的根苗

在沉吟

它的沉吟会变成吟诵

向人间

诵读万里清芬

果汁奔涌

萌芽咆哮

萌芽啊　一群活兽

在土地中咆哮

植物性的冲动让它们瘙痒难忍　筋腱迸跳

它们的渴望是挣出土地

融进阳光的嬉笑

它们是来自一枝或无数枝根苗

它们的身上跳荡着不羁的细胞

东麓的土地太温暖了

它们天天都能听到阳光的吵闹

生命的涌动让它们彻夜难眠

它们衔着自己的名字

涌出大地后

它们就叫茁壮成长的葡萄

萌芽在咆哮

它们的语言并不需要音频过高

听懂了　听出自己的心跳

心跳的叶瓣会在大地抓挠

大地啊　萌芽期盼成长的心事

大地一直知道

萌芽在咆哮

天空中　阳光在等着

还有空气准备好了拥抱

历程从此开始

相挽相连的搀扶

一个都不能缺少

孤独与忧愁会使生存起步艰难

哪怕　是面对一棵萌芽的蹦跳

贺兰山东麓

萌芽在咆哮

它们的伸展和舒放

构不成崇高

但它们的攀升

却注定使一块土地醒来

酝酿绿色与酒

绿浪滔滔

酒香飘飘

萌芽在咆哮

动机与渴望交织

形成了坚定的目标

每一棵萌芽都是毫不含糊的

绽放开花朵　　垂挂果实

让丰收的秋天变得絮絮叨叨

萌芽在咆哮

它们的咆哮爆出大地后

是雷　　也是一株仙草的招摇

花朵啊　悄悄又静静

是开花的季节了

葡萄的枝叶间

藏满了夜风

葡萄的花朵可以叫羞涩

娇小　默默无声

有清香吗

清香很淡很轻

有形象吗

形象微小朦胧

葡萄的花朵知道自己

知道历程的托举并不需要张扬和那么大声

静静悄悄就好了

为了流光溢彩的秋天

为了葡萄颗粒的光晕

这些葡萄开花

悄悄又静静

香味内敛也是极好的
过多的释放
往往是不懂分寸的宅门
从里到外闲敞着
并不是最美的风景

葡萄开花
在五月的夜色中
那夜也是甜甜蜜蜜的
为了酿造这些花朵
它们心思用尽
东麓离山太近
东麓即是山根
山风会贼一样溜出来
干一点坏事
偷走清香怡人的花粉

葡萄开花
清清淡淡的雅香漾开来
成为葡萄的心香和呻吟

将饱满的果实掷向秋天吧

这里是一次打盹和小憩

葡萄要在自己的花朵中

养足张扬无忌的精神

夏夜　空气中的絮语

我们不敢忽视大自然

不能忽视它的语言

比如在静夜

在空气透明的夏天

新绽的葡萄枝叶

与夜色的交流十分坦然

夜用它的湿润

葡萄则用它腰肢的柔软

直接的触碰原是絮语

缠缠绕绕和缠缠绵绵

都是空气中的语言

空气中的絮语

山石能够听见

它们不是与白云徒然依偎

没完没了地说掉了一个白天

交流正是这无形的磨磨蹭蹭

直接而简单

空气中的絮语

最使那些花朵彻夜难眠

抛却语言的外壳

一切都是肌肤相亲

你感受到的夜色温度

正是我最准确的体暖

空气中的絮语

正悄悄漫延

水摸到了一条刚刚长成的小鱼

鱼儿触到了水的柔软

葡萄蹭到了天空的脸颊

天空　攥住了葡萄的叶片

空气中的絮语

躲开了人和人的双眼

它们是靠全部的感知存在着

直接融进并感受大自然

尤其是在夏夜

在一座大山前

它们感受的土地异样而新鲜

最利于根须的肥壮

更利于果实的圆满

糖分就是这样节节攀升而来

最终　成为了一瓶酒的酸酸甜甜

夏夜中的絮语

算不得严格的语言

这是神性的交流

碰撞　亲和　温度　相容

亲密无间

贺东老藤

扫码听诵

苍苍老龙

弯曲攀升

正是这贺东老藤

贺兰山在西边笑着

笑得野花翻滚

这厢的老藤倚老卖老

面对着缕缕春风

百年老藤已用不着说故事

说枝繁叶茂的年轻

年轻的时候也是花枝招展

果实满身

秋天的月亮照过来

照亮了枝杈间的虫声

贺东老藤依旧开花结果

但它的胡须却是清贵万分

子孙已在别处发芽

又且繁衍了更多子孙

时间在这里结结实实积淀着

瓷实而充满韧性

贺东老藤见惯了人间风云

望老了坡地和苍苍山根

结出的葡萄更适于精酿

比别处多了更多的风土风情

曾在枝下嬉闹的儿童

早已长成了大人

他们的孩子来看老藤时

老藤愈加风情万种

扭捏姿态龙姿凤翔

让人　心生面对岁月的崇敬

贺东老藤觉得自己依旧精神

每年春天醒来时

倍感格外兴奋

霜霜打打它毕竟有太多太多经历

它最不在乎别扭的咸雨酸风

老皮细肉却不是老态龙钟

身上的每一颗细胞都是歌

唱唱年代和岁月

不会跑调走音

贺东老藤有自己的长生秘诀

天天用心去亲近一座山的面容

成熟的葡萄谁摘去并不重要

它只管飘出自己挡不住的香馨

贺东老藤时时抚摸自己

特别得意身上拂不去的那层神韵

绿色漫延

绿色漫延

这是葡萄的无法无天

传染似的铺开来

铺开在四百里的贺兰山边

绿色是轰鸣的

产生着强大震撼

它的张力和推动

让我们身不由己　勇往直前

最是丰收的秋天

可以听到葡萄的尖叫

宽泛无边

巨大的酿酒　巨大的呐喊

气魄气势醉人

香香甜甜

冬天啊

我们就坐在冬天

说绿色的漫延

曾经蛮横的山石目瞪口呆

嫩芽要冲出枝头　几乎要将我们掀翻

野性的荒漠哪里去了

哪里　还能找到骄傲的荒凉

鼻孔朝天

我们是在说绿色漫延

说一滴一滴的汗水

艰难铺展

野草并不是那么好征服的

漠风　一直窥视在简陋的窗边

连一滴水都得不到的时候

我们的嘴唇啊

曾经比沙漠更焦渴　更干

现在是绿色漫延

我们已顾不上关注那些叶片

它们　只是风中抖动的微观

我们宏大的目光已被牵扯

弥布于四百里的绿色绵绵

饮过这里的甘醇

你懂得这里的绿色绝不平凡

醉过这里的夏夜

你得承认　人在巨大的风景中

十分好看

走过四百里的绿色

你会惊叹　惊叹

听来的传说与故事

一直过于平面　过于简单

绿色漫延

漫延的绿色

奇怪地变成了我们的双眼

修　枝

从新剪的茬口上

听到了葡萄的喘息

天空下新绿顺势铺展

新鲜的枝条　舞动犹如献艺的歌妓

修枝是鼓励正确生长

芟荑苛繁和多余

剪去腐败的枯死

让健康的生命

走向阳光里去

闪光的锋刃敞开口

稳健而小心翼翼

为嫩芽开辟通道

并让它们不感觉压抑

枝条深处的冲动

一直不可遏止

长在大地原是为了生长

况且　每一个细密的层次

都漾动着酒的私密

酒会醉一张脸和无数的客厅

酒无法保证不让秋夜的壁炉

多一些惆怅的心事

但酒啊

酒在枝条中却是隐士

需要透过叶片才能看到

看到它垂首无语的嫩枝

修枝　修枝

不可说酒与葡萄枝有过大的距离

新修的茬口渗出汁水

会在成熟的果园凝结成淡淡的思绪

长成紫气东来的葡萄眉须

修枝正是对一处处风景的精雕细刻

是对丰收的养护加持

修枝啊修枝

修枝后的成长和高度

注定会脱离散漫

归于自然的规矩和范式

贺兰山下果园成（一）

准确的释读

我们应该去问唐人

反正这里已是果园成

葡萄园在夏天晒着自己的肚皮

溢出阵阵清芬

岁月并没有被一首诗带走

在贺兰山脚下泛着古韵

风却是新生的

来自于人们生动的眼神

大面积的绿色铺开来

成为一个时代的风景

啊　也许

也许我们的某个早晨

打马跑过一个唐人

他的诗笔迟疑着

无法做出更潇洒的吟诵

这个地方最适宜夏夜坐下

来听　听各种酒类酝酿生成

清醇的香味是极大的诱惑

让我们的嗅觉蠢蠢欲动

五光十色的酒液凭空而下

变成了夜色中的香浓和霓虹

沿贺兰山一字摆开的山坡

养分十足　土质疏松

曾经的古人

仅仅是用诗和遥遥打量的眼睛

做了简单的开垦

这里便有顺流而下的绿色朦胧

有令人垂涎的果实

铃铛一样晃动在风中

现在　我们是不急不忙走来

看这贺兰山下果园成

我们可以抚摸所有带露的早晨

在夕阳下　带着醉意

品味更加沉醉的黄昏

我们知道　贺兰山下果园成

不是一首诗能完成的事情

曾经的目光太窄

看不透这绿色苍茫

酒香销魂

贺兰山下果园成（二）

这是第几次绿漫山麓

第几次的果园成

贺兰山下葡萄吹起的哨子

熏染了紫色的黎明

果园慢慢长大

带着它的艰辛

一些树叶打着呼哨飞离某个秋天

一些　则融进了肥厚的土层

果园和自己的摇篮

都记住了汗水落地的声音

以及一些伏在坡地顽强不屈的背影

没有什么是凭空而至的

每一次的秋霜夏雨

哪一刻　不揪着人的心

狂风大作的时候

哪一双眼睛

都不敢说没有噩梦

果园长大了

搂着自己的心胸

那些野草的咋咋呼呼

只能算是植物的恶作剧　算是对眼睛的愚弄

怕只怕啊

怕一连串的根系骤然死去

用它们的枯黄

打击希望的眼神

这是贺兰山下果园成

这里是贺兰山下果园成

势若奔马的群山

一直睁着自己的眼睛

看绿色覆盖了砂石

看土地日渐酥润

遍野的果园令人久久沉吟

时间在这里是一只狐狸

很容易闪躲自己的腰身

它只记得绿色之前

满山乱石如吼　杂草丛生

干枯的山梁也叫东麓

时时　扬起满天灰尘

贺兰山下果园成了

这里已无唐人

唐人的果园和诗

且待费心考证

这里却是风景如画

葡萄弄风

红葡萄　白葡萄

这是挂在天空下

庄严的玛瑙

太阳在它周边拥挤着

我们可以听见那种吵闹

红葡萄血色充盈

吸收养分　真的很好

它让我们想到健康的脸颊

感染力十足　十分美妙

贫血是被它嗤之以鼻的

它有自己丰盈的骄傲

从最初的成长岁月开始

它的行走　活力从未缺少

白葡萄

长成了一个圆润少女的妖娆

洁白的衣裙一直示人以纯净

柔嫩细腻

肌理丰饶

白葡萄的梦也是甜白的

在水湄边

它的影子玉石一样轻妙

胸中的酝酿

从容不迫　不骄不躁

它知道　未来的畅饮中

总有自己少女般纯洁的微笑

红葡萄　白葡萄

姐妹般的姝丽与美好

一件红裙穿在姐姐身上

妹妹则白衣飘飘

她们的情态是香甜可口的

一直不离酒的味道

大山送来许多野花在身旁

她们只是嫣然一笑

流光溢彩须是秋天

秋风中

红葡萄唱民歌有国风情调

白葡萄敲银铃　轻声脆巧

红葡萄啊

俊俏的红玛瑙

白葡萄

清丽的情话悄悄而又悄悄

采摘　在成熟的九月

酒葡萄自己先醉了

摇摇欲坠

这是九月

九月的阳光在自己的怀抱

打着瞌睡

日日夜夜的香薰

酒意　让一切都感到微醉

采摘葡萄

让我们的手　对成熟的季节

好好品味

香甜弥漫而来

酒的一些小动作

俏皮而奇诡

但我们是要采摘的

连同成熟的阳光一同摘回

东麓的深刻

是它有着无穷的壮美

采摘的手伸向哪里

哪里　就有果实累累

摘这串紫红的玛瑙吧

土地与季节的养育

给了我们这样的高贵

玛瑙一直是很庄严的样子

怕自己放纵微笑

会笑破汁水丰盈的巧嘴

白葡萄摘过来

能触摸到它的肠胃

想想酝酿的艰辛

想想枝头的奋力助推

酸酸涩涩的配方它们自己知道

一只手的到达　只能是顺势而为

采摘的九月

鸟鸣格外清脆

这是春天的加厚加浓

人的脸上挂满春晖

春天期盼的正是这样

满枝烟云　一路歌吹

采摘　在九月

九月的人不知自己也是某种芳菲

每一季都开花

天天花红花飞

四季一支歌

春天的序曲

绽放在根须间

封闭与僵硬

使所有的音符都不得舒展

经冬的残叶像死去的鸟翅

在残阳中　扑扇扑扇

连那座山也是缩手缩脚的

没有歌声的东麓

显得有些孤单

现在是歌从大地唱出

所有的嫩芽

都表现出了十足的强悍

谁想阻挡歌声

既是愚痴　也是枉然

没有歌声的人间

只能拱手相让于残暴与黑暗

歌声是亮的
亮光灿灿
歌声在盛夏浩大而浪漫
一座又一座葡萄园
都唱得绿叶繁茂
流水潺潺
歌声的形象在叶脉中
柔美蜿蜒
游若丝线

秋天啊　这是秋天
歌声金黄透亮
歌声丰润圆满
歌声饱含汁水
歌声期待一次精致的酝酿后
汩汩地流进人的心间
人会品味的
品味出歌声的甘醇香甜
以及岁月在这里
不动声色的沉稳积淀

四季一支歌

冬天　如果看不到歌声的脸

我们孤独寂寞

呆滞了自己无奈的双眼

梦中只有绿叶飞落

一片　又一片

我们的歌声在哪里啊

哪里　能找到歌声

带给我们的美妙和快感

歌声啊

四季一支的歌

从未中断

像个老祖母　在地下

理着自己的毛线团

它知道呵护蓓蕾和萌芽

只有用最深沉的歌

才能带来温暖

粒选　粒选

规则和尺度的手在这里张开了

并且毫不顾及情面

所有的赞美和形容都被丢开

扔得很远很远

这里是粒选

是一粒一粒选取

选取准确和庄严

剔除与抛弃

显得那么轻松随便

健康和规整依次走来

进入程序

进入人们所愿意品味的柔软甘甜

粒选显得六亲不认

尺度死板

而粒选啊

却是真的充满诗意

十分浪漫

你看那些美妙色泽滚滚而来

找不出任何丑陋的黑斑

线条柔美的浑圆啊

那浑圆不是任何腰身所能形容的

婷婷娜娜　风情万千

单这一程我们便醉了

醉于人类诗意的取舍

醉于一丝不苟的目光灿烂

粒选在进行

丰润的颗粒在这里滚滚向前

它们是要去参加一次酒的聚会的

为此　它们精心准备了一个春天和夏天

它们很自信　赶来粒选

有那么丰沛的雨水撑腰

有阳光天天体检

在粒选这里它们是理直气壮的

根本不用遮遮掩掩

走来粒选是为了一次热闹

热热闹闹地看

看谁的脸最春色

谁的胸脯更圆更丰满

谁的健康是红润

谁的皎洁是舞裙

舞裙　随风翩跹

粒选在进行

丰收的果实滔滔而入

它们自信满满

很是自恋

发酵的时间

这个时间是静止的

我们可以听到自己的心跳很急

欢乐的葡萄汁相融在一起

汹涌的酒液开始生成

并没有感到任何拥挤

发酵　一次充满欢乐的努力

让最细微的投入

和最庞大的融合充满蜜意

香醇从这里产生

品味滋生在这里

这里已无果园和风土的喧嚣

只有耐心而机警的时间在这里　静止

超乎寻常的静止

发酵是无法描述的

这里有时间与植物最超然的隐秘

发酵也是不好宣泄的

奇迹的再生

需要一次神奇的密闭

发酵也是不需指指点点的

它的尊贵　它的美丽

容不下凡俗的话语

发酵是发酵本身

从皮毛到核心到本质

任何的附加都是多余

只有发酵本身可以存在

还有它静夜中的汩汩声息

发酵啊

要求我们所有的眼神都屏声敛息

让我们的日常走动

小心翼翼

一切都服从于发酵本身

拒绝无益的增益

这个时间是静止的

静止

静止

心　酿

用心酿造和将心放在那里

是一回事情

酿造必须肃穆

必须谦恭

在这种不动声色中

可以听到安静在轰鸣

春风化雨的惊喜

在这里已引不起共鸣

硕果累累的场景

在这里也不是触目惊心

心酿讲的是最玄妙的天人合一

品质至高无上

心　需得蓝天般纯净

心酿是一种无形

但并不是空洞

心酿是身心俱忘的关注

心与酿彼此无二

成为共同

心酿是在丰收后的某个时辰

湖面上落满了星星

山麓的草虫日渐稀薄

嘈杂渐归平静

一切　都变得空灵

心酿在悄悄进行

大片的云朵飞过山顶

深秋的花朵垂首

开始闭目养神

一条鱼儿从水中跃起

然后又被水波淹没了银鳞

心酿听到了空气流动

心酿可以抚摸到一颗心

心酿觉得很快就可以畅饮自己

特别是可以畅饮鲜嫩的嘴唇

时间的精粹

时间的精粹

竟是化形为神

然后变成了浸入灵魂的沉醉

时间的精粹很沉默

往往独对远山　无语无泪

远山的回应

是飘过来自己的苍翠

让时间的心跳加速　放飞

时间的精粹

在酒液中绽放着鲜艳的玫瑰

无有杂质

也没有情非得已的勾兑

时间可以从植物到温暖的火絮间

自由切换　炫美

一饮入喉

时间的精粹是忘乎所以

心灵　得到了一只手的抚慰

时间的精粹响动着

我们完全可以理解成山中流来的溪水

它也燃着

是秋天枫叶的那张欲诉无言的红嘴

时间的精粹晃动在杯中时

仅靠一只鼻子

绝对抵挡不住袭来的芳菲

时间的精粹啊

多少人麻木饮入

却无法理解它的高贵

多少人沉吟久久

难舍最后一滴

精心玩味

将时间的精粹举向阳光吧

时间宽宽大大

很是壮肥

时间面对一只琥珀杯时

晶莹剔透的诗意

洒过来　弥漫光辉

这时间的精粹

从来都是光明正大

绝没有半点鬼鬼祟祟

它的坦荡无垠是它要濡染我们的

否则　我们的滥饮狂醉

将导致行走趔趄

心力交瘁

酒的细节

伫立在瓶中

酒啊　娴静而不起微澜

就像沉思

细致　柔软

哪怕是掷进许多想象

酒也是自顾自地站着

有一些自恋

并不搅起心中的任何杂念

酒这里是入喉了

酒开始缠缠绵绵

相思与乡愁或许就长这样

有泪　慢慢流下了无数的脸

人在酒中与酒在人中

也不影响人与酒都在世间

太多的心事被酒唤起

酒入愁肠

愁肠　欲断未断

酒伴着我们走过千百年

我们千百年与酒相伴

酒让我们狂歌成诗

酒浸染了多少欢乐忘情的双眼

酒的燃烧

让我们开放胸胆

酒的沉默　撩起了我们的心事

心事浩繁

酒在缠绵时

密不透风没有隙间

缓缓而下

让一切都驻留在心间

酒也是疏放的　引杯狂饮后

将一支撼天动地的歌

潇洒地唱向天边

酒唯独不是平庸的

或立或站

都有着不俗的展现

岁月中无酒的日子

平铺直叙　简简单单

生活中醉酒的潇洒

谁不说那是人生的难得和浪漫

酒的细节啊

其实不能说　没谁能说完

酒却认为自己单一

粗犷几近野蛮

酒在北方撂倒草原的猛汉

酒　却在南方醉红明眸皓齿

浸染花一样的娇艳

神秘的香馨

实际上

这不是酒的事情

酒在春天就开始预谋

然后变成花朵的呻吟

变成葡萄

变成汁浆的深沉

变成酒后一跃而出

诱人　醉人

啊　香馨

神秘的香馨

时间中最无法抗拒的甘醇

它的形象是一片含情的笑

而陶醉与温暖

才是它要传达给人们的香魂

香馨

原本是一片香唇

在舌尖上的舞蹈

具有腰身

它的饮尽是人们的欢乐

它也会醉

醉在歌声中的情浓

神秘的香馨

眉眼俏丽　　脚步很轻

善饮者　　呼为美妙的情人

滥喝的人

诬其为弄乱了人的神经

神秘的香馨啊

却是客观冷静

每一条喉咙的呼唤

都让它无法弃绝平等平均

它只是笑着

笑意盈盈

因为它知道自己

是来自一片绿色的神秘纯真

那里的月光教会了它

普遍弥布　不分贵贱古今

让所有的接收

都能得到颤动的回音

特别是人的灵魂

香馨飘过来

旁边是杯盏之声

但香馨有独立的行走

不需要搀扶

只靠自己不乱方寸的脚跟

酒香飘过来

从贺兰山

从东麓绿色缝隙间

酒香飘过来

而且一往无前

浓烈而高贵的酒香

在我们的注目下

自酿了多少年

这其中　有多少

讲说不尽的欲诉无言

这样的酒香

来自巨石野山

杂草丛中的知了声，

也对它有过熏染

巨大无边的远古岁月

一直裸露在地面

与之不离不弃

亲密相伴

这样的酒香

纵使千年无语

我们也会品出它的声音

和醇厚甘甜

酒香飘过来

一直这样缠绵

萦绕的故事太多

用来下酒

真正丰富而浪漫

从最初的起始开始

可以品出雨点般落下的热汗

艰辛也是能品出的

有多少脚步啊

哭倒在山水间

飘过来的酒香我们承接着

那里　有历史的云烟

远去的古人看过这里的青翠

却未看见荒漠的疯癫

这里的酒香是需要人走一遭的

走一遭几十年

走那遭绿色长廊

数百里绵延

酒香啊　飘过来

这里正是燕飞五月天

新栽的秧苗跃跃欲试

老藤　正思谋着搞出又一轮的新鲜

我们手中的酒香晃晃荡荡

但始终不会溃散

飘过来吧　酒香

世界的鼻子早已伸过来

离此不远

谁也挡不住心灵与嗅觉的活泛

这里的酒香风味独特

且有民情风俗加味佐餐

冬雪之下啊　那种蛰伏

这是在隆重地说一个冬天

冬天的雪　使一座山

感到彻骨冰寒

秋天的记忆渐渐丢失

东麓的肩膀

显得有些孤单

但冬天的蛰伏在这里

却是十分庄严

强大的生命力从容不迫

从未闭上自己倔强的双眼

春天的所需

毕竟太多太过于全面

它需要无数条根系的呼吸

需要一缕缕温暖的呼唤

需要大自然亲自下手

搀扶起萌芽鲜润的脸

雪下的蛰伏

具有着更多的内敛

谁不愿意接受阳光的礼赞

谁又愿意屈服于寒冷与黑暗

蛰伏是收起所有的毛发和根须

并且被沉默无情地折弯

蛰伏并不需要张扬和呼喊

只是静默

在静默中等待着自己的春天

冰雪下的蛰伏

内敛是完美的体现

听不见拔节的嘎嘎作响

内敛　是大地可以举起的自我完善

但冰雪下的蛰伏啊

绝不是被动的退缩和疲软

它比我们更多地感受到了土地的周全

大地和怀抱充满慈爱

一直呵护着生命的圆满

蛰伏无非是让路程先弓腰蓄力

然后起跑　一往无前

冬雪下的蛰伏

所有的根须都在汲取破土而出的力量和果敢

展　藤

没有什么能阻止

这样舒畅的绿色展藤

特别是伴着浓浓的春风

春风无须太多过渡

一夜间走下山头

卖弄腰身在绵延的果园中

展藤啊展藤

让枝条婀娜地荡出去

美丽的线条与柔软摆动在天空

阳光是宽宏大量的

它的抚摸　一律平等

无边的新绿睁着眼睛

看到山脚下走来的人们

手中平静的工具

似曾相认

展藤　展藤

展藤的功夫娴熟

令自己吃惊

一切仿佛是弹射出去的

优美而毫不僵硬

广大的美好成就了大自然

东麓冒着热气

它的晨光慵懒　有几分惺忪

谁能理解展藤

是一种伸腰甩背的放松

谁能看出展藤的蕴藏

以及意蕴无穷

展藤表示可以理直气壮地睥睨一切

包括依旧赖着不走的寒风

展藤在一块坡地

从容不迫地进行

植物的每颗细胞都被激活

发出了自己的呻吟

葡萄开花的节奏始料未及

秋天以及丰收

在溪水中看到了自己的身影

展藤啊展藤

温暖的阳光下

一种动作正无忌地进行

酿一瓶风土

风土就是贺兰山，

就是黄河水。

——郝林海

如此宏大的比喻

却有着强制性和合理性

你有这里的风土吗

你可有这里的民情

贺兰山是我们独具的

黄河算是我们私有的水声

我们能将西部的呼喊和粗犷

酿进酒中

我们的酒里有从一座山中

踱步而至的夏风

整个东麓的温度温暖适中

你呷的那口香醇中

隐约着采摘的手

和烈日下顽强的红头巾

酿一瓶风土

不是很难的事情

我们有自己的阳光和故事

有久久停留的黄昏

月光和溪流也是独有的

还有经久不息的虫声

就酿一瓶风土

这是我们的重点和责任

千篇一律的饮入和醉意

显得有些雷同

我们让你喝一次今宵难忘

喝出一片悠悠的不了深情

来喝我们的风土吧

有风土就不是单面的醺醺

味道　醇厚　绵长

也只是一种称呼和形容

这风土是开瓶即香

滋味　直接漫入人心

敢酿一瓶风土

是因为我们脚跟坚定

否则　那些风沙早已将我们赶跑

跑得无影无踪

你喝的酒中层次丰满

有一些　正是我们曾经的惆怅和艰辛

理解这瓶风土

或许　会用你的一生

好酒的强项是耐品

经得起三番五次的咂吧

一直　品味出那种风情万种

酒液与金

它们啊　都是辉煌

一个冲击我们的眼帘

一个　则是多情地温暖我们的胃肠

它们合而为一的时候

呈现了尊贵富足的形象

说酒液是金

是说在耀眼的光芒下

它会发光

光照四方

说金是酒液

是说在亲近我们的时候

它也有自己的芬芳

酒液的高贵会是金

金的浪漫

正是摇曳的酒香

黄金样宝贵的酒液

正在我们眼前轻漾

酒的气息温馨

裙裾飞扬

入喉时是玉液琼浆

出喉　则是笑

是笑声朗朗

金色的笑让我们感受到舒爽

忘却苦痛在这里不是错

而是合理地放置一旁

人生是需要欢乐的

与酒相伴　倾诉衷肠

正是岁月中抹不去的风流

姿态高亢

醉进美酒后

酒液与金

应该是物我两忘

无酒相依

金会迟钝　走形变样

无金辉映

酒也会迷茫

迷茫在失去金光的惆怅

酒液与金

互为辉煌

它们会带来晕眩和微醉

岁月　会因之更不寻常

醇厚的咏叹

这正是美酒的专长

它的咏叹绵厚悠扬

从最初的入喉到最终的心旌荡漾

一支歌在我们心中回旋

流淌在身上

咏叹是调调

也更是酒香

它的来回走动

让饮者心花怒放

温暖与温情像个老者

将抚摸的手　放在人的胸膛

有时　它也会看着我们的眼色而歌

那是它明白　人间有欢乐也有忧伤

醇厚的咏叹

醇厚而慈祥

常常伴着失意的人

去看天上的月亮

而对得意的人生

它却是缓缓而行　冷静观望

最深情的相思遇见它

它会带我们到很远的地方

去看决斗的剑　花园　洋房

然后　指给我们看它的故乡

我们啊　不是错觉

而是直接认为　真正的咏叹调

正是酒这种瓶装或罐装

而且从不收敛自己的晃晃荡荡

它是不择喉咙地顺流而下

在人的心田肆意歌唱

在最悠长最缠绵的时候

它会驻足　泪流满面

脚步踉跄

老橡木桶

老的时候

谁都内敛

比如这老橡木桶

并不炫耀来自遥远的天边

这样而来　紧闭双眼

那朵大海的浪花留在身上

让它品味不完

还记得南美洲的风　燥热

令人心烦

热带雨林密不透风

总有赶不走的潮湿遮在眼前

一只老橡木桶

沉浸在岁月中

已经有许多许多年

酒液曾在它腹中骚动不安

它曾见惯了许多金发碧眼

现在安卧这里　咀嚼

咀嚼足够多的话说从前

从前说洋文

说欧洲的舞会裙裾翻卷

一只酒桶在地下室的酒架上有自己的暴躁和孤单

现在也会说中文

说风沙粗粝的西北方言

语言的半径　苍老徘徊

却一直不超过酒的波澜

一只老橡木桶

皱纹覆面

身上的筋骨

也已大不如当年

当年它的怀抱与胸襟很大

想周游世界

绕着世界好好看看

而今　已在这里生根

它总觉得　贺兰山　耐看

浓郁的风物风情

怎么看　也看不够看不完

新石器遗址上的酒庄

时间

不用揉搓

也不用杂拌

时间在这里很是简单

遗址从不为老不尊

酒庄　亦是素面朝天

酒在地下

安静而不起微澜

夏天在遗址边游荡着

自在　悠闲

新石器遗址上的酒庄

用老石头砌就

石头知道自己有某种标志

不出过大的声息　很是内敛

风在眼前的草尖上舞步华丽

不去追问远去的时代根底的深浅

新石器遗址上的酒

没有锋刃　幽香绵软

它们的温柔可口

与石制的砍削背道而驰　毫无相连

它们是回来安抚的

特别是面对那些思古幽情追溯的双眼

它们让人热情的眼睛看

去看未来的日子愈益平坦

遗址上的酒庄

将曾经的石器

丢落得零零散散

过多的酒香

让它们很容易忽视历史的云烟

有岁月的底蕴在那就很好

可以平添无尽的诗意和浪漫

酒的现代性让人潇洒乐观

而遗址啊　遗址

一定会让一些东西丰厚起来并且飞旋

让光亮的酒杯　在灯下

有更醇香的时光影子翩翩跹跹

枕木构成的风景

枕木在送走最后一列火车后

摇身一变　变成这些桌子和椅子

骄傲的大酒杯雄踞在上

这里的风景

让人看到了时间的缝隙

听到酒的醇度逐渐加深

月光　有了距离

酒醉了

或酒打瞌睡都是深夜后的事

白天　这里的风景

是人和自然和谐在一起

枕木总是将一切按时送达

包括我们久久沉吟的记忆

年代感啊

奇怪就奇怪在它融汇现实

一杯香醇入喉

人便飘了　飘在眼前的欢声笑语

枕木构成的风景

枕木蛮横地构成了这里的家具

却并没有大面积地丢弃

火车声还可以听到

时间有柴油味也有毛皮

枕木没有将路带来

也没有带来基石

这些　与酒不相融

不利于温暖人的情致

枕木与它的风景

是在某个角落

营造丁丁点点的愁绪

让怀旧的眼睛

呆直的呆直

迷离的尽管迷离

有一抹柔和的灯光在这里

有酒的轻呷慢咽和小心翼翼

成熟的人是不会随着枕木赶回去

回去找不到的东西太多了

特别是初恋时

追着旧时蒸汽渐行渐远的

黄裙子和红裙子

枕木构成的风景

一直很瓷实

岁月碾压过后

酒香　就显得别具风格

特别令人沉迷

源石之绿

傍着石头走来

而且弄出了绿的辉煌

源石　这是要在酒的深层

作出更加华丽的文章

绿色可以诵读

可以卖弄可爱的嚣张

绿是源石的围墙

绿是源石的包装

绿色哈哈大笑

源石　酒后狂放

绿在风中轻轻晃荡

绿色粉末般飞起来

变成了淡淡的酒香

绿在夜色中安眠

眼波　却成了风的翅膀

源石不太敢过于精细地定位绿的模样

绿的喧哗翻腾都会不时变换形象

线条也存在于绿中

舞起来　会变成葡萄的欢唱

源石知道

绿是缘着石头爬过来的时光

最初的想法

是在这些石头上弄出喷香的酒浆

石是最坚实的底蕴

绿　可以是石的锋芒

源石从不解答什么

只铺鹅卵石的小径

让你走到任意的地方

花朵永远长在身边的树上

鸟鸣是更大的花

四时开放

源石是在最不经意的时间

开放自己的酒香

那时　是晨风中

天空有红云飘荡

或者是在傍晚

晚霞游游逛逛

源石与它的酒讲究意境

温情而不粗放

汉简酒诗

用汉简

聚拢这么多酒和它的香气

一切就不是那么简单了

而是充满古意

会听的就听到驼铃声

和风沙的消息

不善听者

也能听到脚步的喘息

汉简笔笔拔茂

婀娜多姿

一些笔画进出阳关

直通西域

酒的味道从未被稀释

有一些泉喊着

试图挽回时光的老去

汉简酒诗

充满植物的芳香和酒意

笔画翻飞

像是着靴的脚走在大地

大大咧咧地行走

根本不在乎距离

在丝绸之路上的狂饮啊

留下了那么多韵致

一口天苍苍野茫茫

一口　我醉与君同生死

一口来来来

一口去去去

天地任我纵横行

有酒的日子

便有终身的伴侣

细看　汉简酒诗

也是醉的

任意舞动如飞絮

收放随心随意

从不在乎你怎么看

只在乎我的挥洒淋漓

反翻皮袄在身上是一种情趣

对酒长歌是自我表达的意思

叮叮当当你可以听

听见阳关三叠唱后

酒的沉默镌进汉简

成为了一声沉重的叹息

汉简酒诗

酒意扑面而来

浓烈　立体

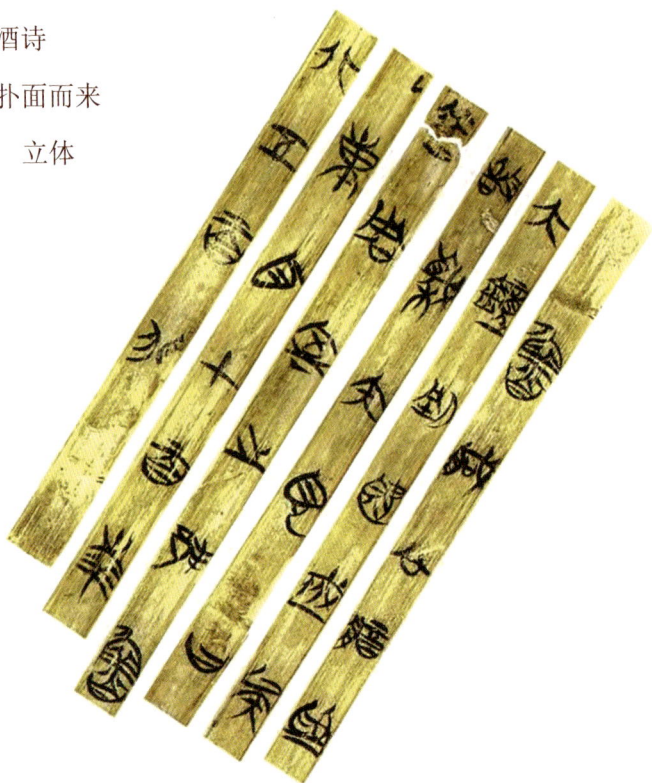

银色高地的温度

不温

不烫

不冰

不凉

银色高地的温度

适度而值得品尝

正如它的酒

那种不事张扬的佳酿

银色高地的温度是用人来标志的

一朵微笑　恒温开放

在山脚下感受

会有一种馨香

没有媚态

收放自如　从不夸张

只有儒雅

颜色适中地贴在标签上

在银色高地这里

可以比别处更多地亲近夕阳

夕阳是葡萄架旁的橘子

成熟　从不疯狂

时间中的光晕酿进酒中

这　是银色高地从不示人的秘方

银色高地用它的酒品味人

品味山下走来的目光

坡地给予了它绝对的高度

对一些东西

它可以做居高临下的打量

银色高地唱歌的时候

会在酒意中唱出遍地月光

银色高地不多说话时

我们踩到了深秋的薄霜

在银色高地不品酒

只品它开敞的轩窗

杂草在窗外嚣叫如兽

卖弄它山野的脸膛

那片池塘才是最可品味的

一池蛙语细碎

夜色　生下了一水的星光

在银色高地这里坐下

它的温度令人难忘

酒温就是仿此酿就的

微微地　暖在心房

133

久久伫立的风信子

一朵花已经不是商标品牌

而是充满忧郁的美丽

久久伫立的风信子啊

面山而立

是用无言

向大山诉说自己的千言万语

艰难是有的

特别是淋过许多风雨

欢乐就不说它了

自己端起的酒杯中

有自己千千万万的心事

一朵风信子

在春天

有着开花的迟疑

行走过来故事多多

但最终成为了坚定的根系

扎根在大地里

在大地上啊

是一张花朵的脸

挺立在人世

纵是千杯万杯的自酌

心有千千结

拂不去的　总是拂不去

风信子最大的快乐

是自由地确定了自己的名字

她知道风和风的来来去去

风的那条尾巴她拿来做披肩

深秋　霜日

伴她站立在寒风里

风中的风信子

从不让自己的艳丽消失

蓝色的山影离此不远

正好映衬她的形体

开花的时候她不痴狂

她知道　新酿的酒

不可掺入过多狂喜

从容不迫地行走

是一朵花　也是一个人的正常身姿

哪一步走飘了

都会让自己摔倒在大地

风信子伫立着

风的手指

梳理着她的思绪

扫码听诵

如意红

按照人的意思那样红

先得懂人多情的心

如意红在杯中

如得意的笑　精致玲珑

有自己宽窄适度的分寸

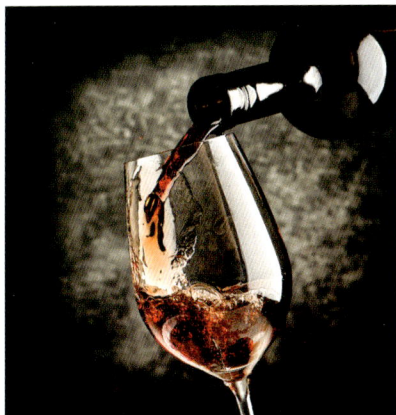

如意红是一枚红唇

炫美过个性化的光晕

千言万语汇聚在那里

轻启而出

便是款款的一缕嫩春

红红的如意

漾动在胸中

韵致和角度

都表现了美丽的温存

如意红是秋天的枫

秋天吸收了充沛阳光后

成熟而丰润

一种绝不平面的存在

醇厚而不沉闷

它的尖叫热情活泼

在我们的体内

冲撞游动

让我们的血液　再度年轻

如意红　红色的叮咛

在耳边嘤嘤有声

听起来并不是故事

却是细柔的抒情

这其中有植物的脉络

也有叶片和根茎

最肥硕的那部分竟然是歌

夏夜草丛中漫起的歌声

如意红啊　如意红不能尽如人意

却并不掩饰它向我们的靠近

它是风情万种地走来

而且眉眼生动

它的头上飘着俏皮的红头巾

还有晚风夕照中的那缕野风

如意红晃动在灯光下

送来一个飞吻已经不是什么放纵的事情

它的红已慢慢尽如人意

而且　绝不刻板　绝不蠢笨

览翠在立兰

览翠在立兰

一切绿色都涌入眼帘

山在身后站着

酒的味道四季不断

葡萄笑了

笑在夏天

秋天最是成熟啊

立兰长成了酒庄

酒入喉

甘醇　香甜

这里曾是荒原

野风咆哮后

荒凉令人心颤

蓝色在这里是立不住的

遍地沙石肆无忌惮

览翠是一个梦

是一个女人金色的梦幻

好像是突然

其实是扎实地洒下热汗

土地变了

变得柔软

奇倔的狰狞慢慢消失

这里已是满目平坦

流水唱起了自己的歌

旋律舒缓

人的脚印征服了一切

立兰绽放开来

是一张张朴素而坚定的脸

立兰是欢乐的酒

感动着我们的舌尖

它是液态的

却有着固体的丰满

它是品牌的

却从未改变真纯的简单

立兰的春天很动感

歌唱的剪子

在蓓蕾边掩不住自己的浪漫

在这里览翠

看绿色无边

翠是一种阔大丰富

是挡不住的青翠耀眼

立兰立在一片土地上看风景

览翠啊　不是刻意地招揽

是酒后醉意推动了我们

我们看过去的一切

都那么精神那么自然

立兰和览翠都是一杯酒

摆放在我们面前

不事张扬

谦恭内敛

观鹅湖　谁擎起的一杯酒

谁擎起的一杯酒

放在那里亮光闪闪

全部的夕阳来饮

也只是陶醉在它表面

那些鹅们闲来无事

在这里开着自己的笨船

摇摇摆摆后

它们　也成了一片湖面上的

喧闹景观

在观鹅湖这里

其实也是看酒　看酒的浪漫

湖上的一切都不省人事

融进了美丽的大自然

草从岸边伸出脖子

想嗅那片酒的灿烂

花也不敢过于放纵

毕竟　有一些醇香弥漫在水面

观鹅湖的鹅

一直迷蒙着双眼

它们不理解擎着酒的人

为什么絮叨不完

静静地品味夕阳多好啊

夕阳　正把余晖洒在水面

哪怕眼光放长

也可以看到大个头的葡萄园

看到葡萄多汁的浑圆

观鹅湖这里

浮萍开着　有些散漫

最肥最胖的

已经打开了自己的花伞

鹅也嘲笑那些蛙鸣

有些气短

废话没完没了

缺乏章法　却很少间断

只有湖啊　湖

最享受那种毫无遗憾

酒的韵致在湖中

得到完美体现

一幅画天天展开

而且充满动感

生机勃勃的景致

正好是一杯酒后的醉意阑珊

人被看作大头鹅也没什么难堪

沉醉的方式千奇百怪

关键是会醉　会看

时间啊　可以用来开垦

在这里　时间是液体的
有自己的体形
可以切开一个横截面
可以用我们的目光开垦

在翻开的时间中
我们会看到酒的温存
田野的风光无比耀眼
紧连着坚定的山根

在开垦的时间中
可以回望而不是播种
野风漫漫挟裹沙尘
翠绿离这很遥远
仿佛是时间的另一层面
我们的目光柔弱而迷蒙

我们在时间中开垦

听到了第一滴水声

那种声音强大无比

直接撞击我们的灵魂

这样的叮咚会衍生出酒

以及它的香薰

晶莹剔透的日子一跃而出

是浪漫的杯盏

竟然　握在了我们手中

时间中的开垦

时间是沙质的

干燥而沉闷

而人的努力很尖锐

表现出了阔大和雄浑

被开垦的时间翻开来

可以种出葡萄以及风景

盯准时间

不懈开垦

岁月为人类准备了深蕴

我们想要什么

它是心知肚明

否则　酒浆不会滚滚而至

浸醉我们的眼神

时间　可以用来开垦

强大的心智从不缺少锋刃

铺展开的时间也不吝啬

迎风而舞的挥洒

使我们的收获丰满　丰盈

《酒庄指南》

《指南》是直指的

直接指向一大片葡萄园

酒庄的屋脊露出来

依次摆开在山边

气候因素立体

有湿润也有层叠婉转

山色在夕阳下

一会儿草绿一会儿淡蓝

一块土地的风土

最终被诠释成西部无忌的呐喊

《酒庄指南》中的石头

几乎都来自贺兰山

山麓的肚皮在太阳下晒着

春天　秧苗开始泛滥

秋天的色彩只是随手一抹

《酒庄指南》便已金碧辉煌

成熟得秋色满面

《酒庄指南》属于大工业革命

从不掩饰自己庞大的发酵罐

亮闪闪的酒杯矗立在风景中

肚腹圆润

脖颈朝前

《酒庄指南》却不饮酒

只说简洁直率的语言

说酒的层次

说一些葡萄的脸

说酒液脱糖后的高端

说一杯倾出后

远方　传来巨大的赞叹

《酒庄指南》情绪深藏

很少让感情过度漫延

它觉得最美的抒情已在大自然

一树一树的风摇过来　不用煽情

你就感觉到了夏天

冬天　皑皑白雪蹲在山顶

传来阵阵冰寒

只有一杯暖酒

才能将之抵挡在窗前

《酒庄指南》

一章一章铺开

自北向南

指出雨滴的厚度

说明某种阳光停留在秋天

一些风的尾巴彩色好看

每一个酿造过程

都绝不是世人看到的那种单一死板

《酒庄指南》闲来无事

将它的脚伸向水面

弄乱了蛙鸣　星星点点

《酒庄指南》发现夏天的夜色有种美

凝重庄严

摘下夜色它做封面

厚重浓郁中

使人品出更多的肃穆温暖

倾进世界的酒香

倾进世界的酒香

绵柔　情长

在许多舌尖上舞蹈过后

手拎金牌

叮当作响

我们不是刻意跟进

为了虚泛的光芒

而离开我们翠绿的山冈

酒的高度正在于独特的醇香

轻轻一碰

便会飘下春天的色彩

夏天的光亮

谁也无法否认一些韵味在其中

比如野花的妖娆

比如溪水在秋天的清唱

倾进世界的酒香是真诚的

有着说不尽的芬芳

世界的一些角落醉了

不怨我们　不怨千杯万盏的高亢

我们只是捧出自己的高贵

捧出绛红淡紫的鸣响

酒是一支歌

可以在每一寸土地上欢唱

掐头去尾的表达

有时　是愚痴是荒唐

让酒优美地唱完最后的声腔吧

我们的沉醉

章法合理　称得上美丽篇章

倾进世界的酒香

早已是老于世故

步履不慌不忙

再大的天地一遭走过

也会积淀成自己的安详

千杯万盏喧嚣轻漾

有一些骄傲自恋

也算不上酒的失态轻狂

谁让我们风味别具

谁让我们入喉难忘

一片山麓有多少荣誉闪闪发光

摘下一枚　嗅来

便能嗅出货真价实的辉煌

倾进世界的酒香

久久不曾散去　风味飒爽

它的响动会成为一种长调

娓娓缓缓

平湖一样轻漾

紫色名片与辉煌

似乎不能并列

因为名片并不能发光

发光的是葡萄园

还有它酿出的酒浆

紫色的酒液

在世界紫色流淌

润入情感的那一刻

与它相拥　我们忘情

与它相别

我们会久久惆怅

紫色的名片飞出去

有自己生动的翅膀

紫色辉煌则是宁静安详葆有最初的模样

紫色并不是出来煽情感人的

紫色是要抚慰躲在胃口后边的那一缕挑剔的目光

紫色想起　自己

曾是紫色的暮霭

盘旋在山上

那些花朵的颜色也这般凝重

不曾有半点轻浮放荡

紫色真的是一个让人注目的东西

成熟而不失生命的光亮

白色苍白

黄色张扬

黑色过于沉重

蓝色太容易消失在海洋

若绿色啊

绿色不太管得住自己

遇到每个夏天

都会随溪水四处流浪

这是紫色

是葡萄穿过的衣裳

酒液汩汩作响

辉煌用它做底色

是最正确的配方

从万物复苏的春绿

到丰满成熟的凝重明朗

人类的行走

有自己的坚定和信仰

伸过你的大号玻璃杯吧

这里是紫色名片后边的紫色芬芳

它的倾进

绝不会让你失望

玉碗盛来琥珀光

酒有时是可以抖机灵的

如这玉碗盛来琥珀光

玉碗跑跑颠颠

会被认为是殷勤的跑堂

酒知道自己是主角

一直高位端坐

保留紫色辉煌

玉碗盛来琥珀光啊

称得上充满意韵　突出光芒

我们的酒须得是玉碗盛着

否则　便展现不了形象

透射不出自己高傲的光亮

端起这玉碗盛着的琥珀光

酒的光泽和玉晕并不是刻意也不装模作样

生活须得面对黑夜

但有光的时候我们心情最为欢畅

用这琥珀光喝

酒酣　胸胆自是开放

该忘记的忘记

该留在记忆深处的

永不会忘

琥珀当是为酒助兴而来

是为一种气象

托举在它手中的日子

才真正配得上叫玉液琼浆

用玉碗盛来

别丢掉圣洁的琥珀光

年年岁岁我们都在打磨

打磨枝杈也打磨多有风沙的山冈

这酒这琥珀光

不属于挥霍和轻狂

是我们此时最准确的心境

我们是用它铺排

对自己进行肯定宣扬

玉碗盛来琥珀光啊

酒唱三月桃花红

玉　轻盈柔嫩

脸颊爽朗

田野中的红头巾

绿色的田野中

红头巾如火

点缀东麓的风景

她们的背影融进葡萄叶子

只有红　勤劳沉静的红

成为了美酒最初的底蕴

红头巾如火一样燃烧着

沉默　却形象生动

一点一点地红过来

让看过去的目光

摒弃空洞

有了更多的沉吟

红头巾的普通

是酒液喷涌时会无影无踪

而红头巾的存在

则是在每一滴酒中

都留下了自己的永恒

可以想红头巾长年累月的跪伏

去侍弄嫩韧的根茎

也可以想她们仅是一点颜色

太容易消失的面容

但那星星点点的红啊

毕竟与土地最亲近

她们的勤劳和青春

谁敢说没有着面对大地

一直惊天动地的轰鸣

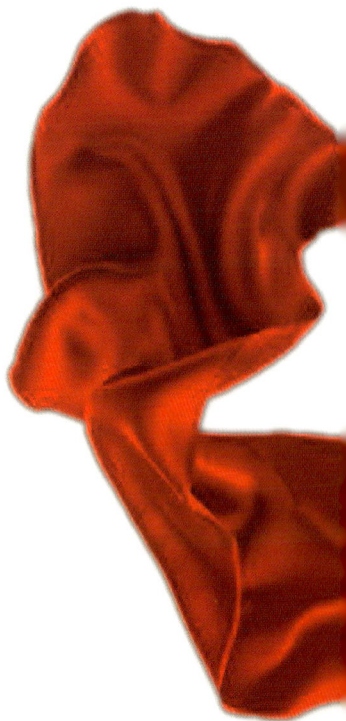

田野上的红头巾

无缘于盛大节日的香飘酒浓

但她们弄过酒的手

有着最芬芳的真诚

谁的眼睛记住了她

谁便品到了真正的酒

而且　有酒的真谛

酣畅淋漓地入心

东麓啊 酒的托举

现在　是酒托起东麓
让远方的人们去看
看翻过山顶的白云
飘向山那边的大草原

东麓已被绿色淹没

葡萄的叶子　正在呐喊

酒出酒窖

一直走得很远

金杯们依次摆开

亮光闪闪

东麓产着自己的酒

沉稳上船

运进世界的口中

收获无数酒杯的赞叹

东麓被酒托着

不敢走偏

因缘和合这里最好

风不算太硬

水有自己的甘甜

一面坡地的肥沃

永远是葡萄的初恋

夜色香香的

一些可酿的诗意飞来

正是野鸭　来自不远处的湖面

东麓啊　最理解一种根系

知道有伟大的蓬勃蕴积在人的心田

并且　绵绵不断